U0726593

海峡桂冠诗人丛书
新锐出发

小梵 著

漫溯时光

海峡出版发行集团 | 海峡文艺出版社

序

张胜友

少女爱诗自然是漫浪又多梦的情素。小梵自学生时代即发表过一些诗歌和散文作品，迄今还成为一种美好的追忆伴随着生活前行。

如同诗歌一样，自十二年前，小梵与瑜伽结缘后，瑜伽也成为她生活的一部分，因此在《漫溯时光》诗集中，也涵盖了她对瑜伽的切心感悟，我想这将成为该诗集的一个最大亮点。边行边读，边写边悟，这应该是她当下的状态，诗歌圈的许多文友后来亲昵地称她为"瑜伽诗人"。

小梵的诗歌，与她的成长及生活状态紧密联系，喜欢行走、亲近自然、善于观察与思考，这一切为她提供了丰盈的创作灵感。其诗清新淡雅、质朴纯粹，多数是对生活对情感及心灵的探索与抒发，是由根到叶、由表及里的接地气的记录方式，唤醒人们内在的诗意回归。

在诗歌《梅》中，她吟唱道——

当百草千花没过季节的长影
便是你到来的时候
一定是前世来不及赴约
今生才有不期而遇的缘分
那每一段华彩的背后
注定有一钵白露，和一脉魂香
伴随着你

多少黑夜又白
多少孤独的洗练
只要遇见你
我的心便温柔如水

诗人喜爱梅花，以至于每一次相逢都如重逢故人一样真挚，同时又有生活禅意的体现：一钵露、一脉香，经久的洗练最终回到"如水"的样子。这种与梅花交流的方式，其实也是生活的隐喻，既接地气又充满"现世安稳"的恬淡和谐。

再看看诗歌《北国雪事》：

　　每当这个季节
　　我无须喊出名字就能认出是你
　　那大片大片的茫茫皎白
　　究竟埋藏了多少来来往往的脚印
　　和深深浅浅的事

　　古有云："瑞雪兆丰年"
　　我们的情谊
　　有着泥土的黏性
　　更有雪色的丰厚与晶莹

　　你说车儿都冻僵在路途了
　　我说这场雪后，晴空就要来临

　　在这首诗中，不难看出诗人对情谊的珍重，在大千世界人海茫茫里，以泥土更以雪比喻情谊的黏合与莹润，"晴空就要来临"也道出对友人之间有难同当的品质及对生活的坚定信念。从更高的层面解读，就像佛说前世五百次的回眸换来今生的一次遇见，在这个维度上，情谊显得特别珍贵，故足以风雨同舟，非常符合文义。

诗歌创作，应该是立足当下又放眼未来，涉足生活的琐碎，然而，无论怎样的细微繁琐，都可以在小梵的笔下看到阳光普照，听见溪流潺潺。诗歌与瑜伽是相互连接的，都可以让人卸下重负，使人宁静、轻松与平衡。像小梵这样的诗人，文本和行为是统一的，生活的样子就是诗歌的样子，在一个物欲膨胀的时代，我们更需要这样的纯简。我相信她在诗歌创作的旅途上会以光照见自己，照亮他人，召唤一片诗意的天空。冬去春来，让我们乘着诗歌的翅膀，冲破云霞抵达灿烂千阳。

前路正长，春意盎然，时光漫溯。

谨为序！

戊戌孟春于北京

（作者系原中国作协书记处书记）

目　录

篇一

逆 流

逆流

行走在沙漠里的骆驼

并不察觉路途的艰辛

生长在淤泥中的莲花

并不担忧养分会缺乏

2016年5月7日

它们的法则是——

适者生存

十二月里

2017年12月15日

这个遍地飞扬着鹅黄的季节

银杏零零落落洒在青灰色的屋顶

十二月，我们谈论许多

关于梦想关于爱关于勇气和力量

还有，关于影响着许多人的文学家

那些四溢而起的乡愁，召唤着迷路的人们

那些节奏分明又朦胧的诗意，是

   暗夜里的灯盏

今天，我们何尝不换一种方式来解读生活

我们不道忧伤，也不说遗憾

唯朝着光的那端

继续前行

直到炊烟又起

直到花开星灿

诡异的灵感

那忽平忽陡的坡间道，是你

那忽晴忽雨的四月天，是你

风在你的林中漫步又失踪

云在你的领地飞舞又散场

2018年4月17日

你总令我捉摸不透

我总试图加快速度将你逮个正着

你东躲西藏，来了又走

我干脆放慢步伐回到原点

5

北国雪事

2018年1月28日

每当这个季节

我无须喊出名字就能认出是你

那大片大片的茫茫皎白

究竟埋藏了多少来来往往的脚印

和深深浅浅的事

古有云："瑞雪兆丰年"

我们的情谊

有着泥土的黏性

更有雪色的丰厚与晶莹

你说车儿都冻僵在路途了

我说这场雪后，晴空就要来临

听一首歌

2017年8月28日

七夕

听一首歌

在无人打扰的夜

听鹊桥上人来人往的奔涌

听风诉说聚散离合的悲喜

听你遥不可及的空灵又近若咫尺的存在

听自己的呼吸声渐渐剥离周身又深长

　　融入这个夜

听烟雨渲染过的微醺的红尘故事

听梦里隐约的过客阴差阳错地打身旁走过

听一曲未完待续的歌

……

又见雨夜

2017年9月22日

空气从灼热到一场雨的降临不过半分

我的坏情绪转凉不过一张叶子飞落的瞬间

我们的距离从初识到相知也不过 365 日

忘了写过多少关于雨的言辞

那节奏有时像你的心跳

有时是一段舒心的圆舞曲

今夜，我依然调拨你的频道听琴

尽管雨声贯穿整个城

我也要重听那段暗夜流光的旋律

重识那个若即若离的你

慢半拍的舞步

2017年10月10日

一些日子

我们总喜欢来到城中那一隅

和着音乐迈开步子起舞

一遍又一遍地跳

一次又一次地旋转

我们试图把脚步对号入座

等到影子被阳光拉得瘦长

等到步子失去轻盈星星不再闪烁

一支华尔兹要跳多少遍才能与你全然合拍

一生要倾尽多少斗志才有柔软与坚韧并存

立夏

这个季节的诗人

留给岁月的粮食太少

我的思想忽然薄如一张白纸

回忆瘦成春末的雨丝

无数次接近大地又被折回

始终交不出命运的屠刀

2016年5月5日

那天，黑夜
如此安静

2017年7月

那天

就着丛林深处

听风、听虫声、看满天星子向我们笑

你第一次低头对我说出一串

勇敢的话

我收起腼腆，转侧仰望着你

一如那月那日

生命无意的交错

我低眉喝茶，你昂首看我

那天，我们把苦涩倒空

黑夜如此安静

仲夏午后

多少个绚丽春夜

多少怀旧之秋

以及苍凉寒冬

我们没有遇见

2017年7月13日

直到仲夏的那日午后

直到温热空气碰触冰湖

溪水流经山峰

彼此升腾又降落

我们抵达蔚蓝色水域

哦，这个夏日竟有如此清凉的梦

而那隐秘之光却在血液里翻滚不休

秋之记忆

2014年11月1日

年幼时，秋天，是外婆家一片一片

　　金色麦浪拉出的闪动长影

长大了，秋天，是三尺病床父亲满脸

　　刚烈坚毅的淡然神情

后来，秋天，是母亲持之以恒

　　不卑不亢的默默奉献

如今，秋天，是一树一树挂满枝丫的果子

记忆将我带回另一个世界

去寻找值得寻找的形态

人生，总有些等待来不及等

就像那些熟透的果子来不及亲尝

　　便烂在地里一样

没有答案

致母亲

2013年5月13日

五月的鲜花

铺满回家的路途

捡起一片碎叶

流年把记忆唤醒

一段温情的呢喃

滋养我童年的生活

一曲柔和的歌谣

装点我纯真的梦想

任岁月在你额前刻写

你说爱是唯一的答案

多少风雨兼程

多少飘零昼夜

你把牵挂植入脑海

以阳光的形式

串成珠贝，一颗颗润我双眸

你是我心中的明月

照耀我那久远的航向

此刻，清风徐徐

让山川、河流、花草、群鸟都在一起

祝福最奢美的月份

晨曲

大地如梦初醒

临沙滩席地而坐

每一个体式正在打开

我的呼吸

与波浪同律

与海风相称

不用任何器乐

我只要这波涛为音阶

就能奏响一支晨曲

2015年9月1日

如果我死了

2015年11月28日

如果我死了

天空不会停止呼吸

每一次晴空或每一场落雨照旧

山坡上的花朵如期绽放

那些奔忙的身影也不会为我停留

如果我死了

请不要哭泣

哪个人能幸免

尽管生命真的终结了

这世间的爱却永趋不死

无题

风拂面而来

低眉拾起一片冬日遗落下的枯黄

枝丫无言，茸草早已复苏

一朵花要经历怎样的风雨才能开出永芳

一个人要承载多少苦寒才会抵达终点

2015年3月29日

在时光的锦帛里

白天与黑夜相互召唤

迎接一个茁壮成长的梦想

蜡梅花开

隆冬未远

一抹暗香，随风沓至

温柔了大片山园

灵动的蕊，漾成流光

皎白的瓣，清绝无尘

你是凌寒之傲骨

不与桃李同步

独在驿外守真淳

而我，置身山崖之巅

期盼一段寻觅已久的梅缘

想把命运，交给袅袅余香

原来春宴，还没有来

——我怎忍牵动时光的身影？

2014年1月18日

以这样的方式
与你交流

2015年3月1日

从没想过

要以这样的方式与你交流

我只是隐约听闻

那是一个演绎悲欢离合的地方

转个身，世人早已与它形影不离

时间渐渐松开了双手 我一不留神，竟

      被放逐与此

当灼灼的红梅盛放以后

桃红与绿树开始呢喃私语

我选择沉默

沉默，是给大地最好的回报

那么多的序曲，似乎都在考验人的耐性

窗台的风信子告诉我

诗文可以传送千里

去抚慰那些失落的心

我情愿，情愿它们在宇宙间递转

永远不要回应

你的国度装满阳光

就像我的世界开遍鲜花一样

有温度的处所

终将在蓝天下共存，慢慢柔软

灵魂趋近的人儿呵，各自天涯

我以这样的方式与你交流，一生一次半

从西湖到闽江

就在这样爽朗朗的天

漫步于湖畔边

折一眉柳丝，我就要与你作别

去往那孕育大地的母亲河

2014年11月5日

西湖水，似披着情绪的遍野繁华，向
　　　四处铺展

她在叙述，叙述来而往之的人们
　　　　掠过泡影

一阵风拂来，湖面皱起鱼鳞般的锦

她像网，拼织着我彷徨的曾经

她又像梦，荡漾着我晶亮的当下

明日，我是否还会坐在初晨的西湖边
　　　合十瑜伽

又该怎样在另一个渡口开启里程

冬夜的雨

2013年12月18日

雨还在下着

滴落声像有人在轻弄琴弦

我要趁此旋律

还原一段纯真的记忆

那不断浮现的年少时光

最清晰的，是你的背影

光阴易逝亦难留

2920 天的今夜

一切已成一曲淡淡的歌

这冬夜的雨

一定也浸润远山的林

你是林间的大树

再无年轮

永不老去

你是翠绿，是灯塔

是我无法传递的思念

窗

外婆家的窗

是姨姨的窗

也是妈妈的窗

窗外是一个世界的茫茫人海

窗里是一个家族的喜怒哀乐

窗外在路上

窗里是归途

2015年4月6日

运动的舞曲

2015年3月

在东江畔边

这一路灼灼的三角梅

加速了我对十月的期盼

你插上梦的羽翼

于澄蓝天际托着白云朵朵

我必载歌载舞

我的歌声不止高过那苍穹

你自绚烂花海间款款而来

芳香洒遍四方

我必将笑脸朝向晴空

我的笑容不止甜过花间蜜蜂刚酿的蜜

你打婉约坊巷悄悄路过

感知古香古色的味道

我必礼让三分

我的胸膛不止宽过那一条青石古道

你披上一身运动白

在水上支起一个扬帆的五彩"福"

我必与那高挂的骄阳一起喝彩

我的祝福不止深过滚滚东流的闽江水

嘿，热血沸腾

我的脚尖在与地面的无数次摩擦后开始

　　滚烫

炽热的心脏

牵连着——

每一个细胞

每一支血管

每一根神经

星空

夜的城市

在高空与地面间自有密语

与之相互辉映的只有

那满街霓虹

而我却独自怀想故乡的星空

2015年10月2日

中式盘扣

是什么在点染春的风韵

将秘密锁入扣里

将心事蕴藏盘中

等待一场花开

等一个爱的人

2015年4月15日

该用什么来
温暖一双手

2015年11月28日

被大风次第刮落的叶

在升腾的寒意里渐渐清醒

却沉寂如冰

我的掌纹蓄满季节的语言

却沉默如水

你淡淡地说：明年又是一度春

在草木成为灰烬以前

应该深信——

它们即将重生

忆往

有时候，记忆闪现的某个瞬间

斑驳陆离又历历在目

那个高大伟岸的背影

总是行走在阳光的前头

孩童期的浅蓝碎花裙和粉色连衣裙

已经定格在五六岁时的样子

那是九十年代他自深圳街区精选而来

一些事物正被时光磨白

唯独铭心的记忆无法褪去

比如疼，比如父亲的爱

2015年11月28日

委屈

如果悲伤多过喜悦

如果哭泣多过欢笑

如果误解多过理解

......

2016年5月7日

生活不止包括这些

也不止停留在柴米油盐酱醋茶的琐碎

反反复复地自我救赎

原来我们的心志呀

是这样的渺小如尘沙

生活是世界的

是平等相待的合成体

自白

2016年5月7日

孤独和喧哗交换着或喜或忧的故事

生活岂能傻傻地嫁给"婚姻"二字

　　就了结

站在悬崖边缘的人

似乎都有一个通病：等待终结却

　　没有终结

而事实上那个句号早已画了圆

最亮的星星
总是出现在最
黑的夜里

2016年5月7日

也记不得多少回

在一呼一吸间，屈膝静坐

便能清空旧绪

放下种种困境或屏障

你是夜空中最亮的那颗星

划过长空，穿过我的瞳孔

嘿，夜再黑又有什么关系

那每一次的吐故纳新

我的心念早已与你紧紧连接

风起云涌

2016年5月7日

似乎我总是在与她捉迷藏

闪现的念头转瞬即逝

风若没有起

云亦不会涌

多少个这样的时刻

与我息息相关

却又成了永不相遇的平行线

篇二

旅 痕

云上天池

当盘旋的履途遇上杜鹃绚烂

当海拔千米的翠色遇上天池微漾

当我，遇见了你

流连那碧草云天

2018年5月2日

谁赐予这草儿峥嵘生长

谁赐予这山花遍地

谁，又赐予我这般花香、流水笑出泪花

你听，清风如此安静

雨丝温润了万物和你的笑意

草木天堂

2017年12月20日

纵使是在 1 摄氏度的山里

今晚，我亦以茶的名义与你共赴一次穿越

大唐盛世歌舞升平有你

如今秀丽江山依然有你

一方水、一寸地、一棵树

499 年前的邂逅，500 年的相逢

你已修成我心中弥足珍贵的那盏茶

而我更愿做这溪中清清淡淡的水

与你叙说深深浅浅的故事

慢火煮水，竹林斗茶

当你端起那碗醇香

邀夜色同饮

放下所有的繁念

你为茶，我为水

这是世间最平凡的幸福

九曲泛舟

就着八段长竹竿组成的舟

九曲溪一点一点地向前推移

两岸秀色次第留在身后

空中的云在水里荡漾成花

鱼儿一路热情结队跟着游

一只白鹭站在水边扑翅溅起涟漪无数

2017年12月20日

筏竿的师傅谈笑风生

说玉女与大王相望于此千年不改

阳光迎面时很暖

背光时又刺骨的冷

就在这寒风袭来的岔口

你给了我一个深情的眼神

让我感到安定

旗山飞瀑

谁说八月惹人忧

光是这成片秘境足以驱走你的焦虑

静水照着云天和树

翠鸟在枝上欣然唱着季节之歌

溪水呵，浅浅地向鹅卵石点头移步

2018年8月9日

你听，还有比它们更猛烈的声音

那奔泻不止的每条高耸的银色屏障

人之一生，无非是这飞瀑

有泛然落下的气势

更有飞溅而上的逆流

在八月，我们没有忧愁

有且仅有，最美好最卑微的梦

在我的而立之年

颠覆了翠旗飞瀑

冬日尤溪行

2018年12月6日

我说这个11月我们一定是疯了

驱车在蜿蜒曲折的山路上整整行驶四个

　　钟头

可当漫天禅黄在眼中飞舞的瞬间

你那零落之心绪终是迎刃而解

你也好好理会这季节的恩赐——

在冬日在南方以北

竟还能有如此闪耀的银杏林以及北国

　　该有的柿子树饱你眼福

临行前再次回望那一树金黄

是风再次抖落了你的身影

说是它在造就一场花雨

冬日再寒再冷

也不及此刻的壮丽

再写晨曲

2018年7月21日

依然是虫吟鸟鸣的清早

仿佛尚在梦间

却从灵动的万物中醒来

探过天际，当朝阳冲破云雾的第一缕光

　　爬过我的窗前

那是你捎来的共同讯息

一汪碧色的溪流经你的河床

两岸漫生的绿林沁出深深浅浅的映影和

　　成片的草木香

年少时记忆里的晨，画面渐清

竟是这般相近

若说它是我久藏的盼望

那么我敢断定

原来彼时与你极其平凡的相遇，正是与

　　另一个我相逢

一定是命运谱设了一支预留的曲

让每一个清晨都如此纤细而丰厚地歌唱

深秋的海

2017年11月12日

是心血来潮

在深秋

拥抱这一片海

像在镜子里拥抱自己

双手抱肘，如冬日忽然来临

不，仅仅是阳光刷过云层前的冷

我们奔跑、欢呼、四处流连

脚下的浪花来了又走

周边有细沙轻得起舞回旋

远方以外似云似雾

高空之上那光与蓝

怎么不是仙及之所呢

是风追着影子还是影子随风跑

我满头凌乱的发会给你答案

你说再大的风也带不走你的热情

我说再冷的海也有温度

古宅的遇见

2017年9月19日

浅秋，在风和日丽的午后
走近你，如穿越大清时期的古朴典雅
黛瓦、灰墙与透亮的落地门相映成趣
秋阳在密叶里穿梭流荡
那一树一树的婆娑
在梦与季节交替时唱出成熟的歌谣：
一颗金绿色的青柠果跌落的声音
一串硕甜的桂圆高挂在枝丫的笑靥
还有风起时紫薇花的怦然心动

有时，生活是奔涌不息的
但许多时候，生活可以在你的怀旧中
　　慢下脚步
可以在一盏茶的温润里叙说欢趣
可以在一缕升腾的沉香中感受静谧
亦可以在一窗景的绵长间流连忘返
从此，岁月再也带不走你的婉约你的纯粹
你在我的旅途上
我在你的故事里

兰的遐想

你是，清风抖出山谷的阵阵幽香

是群山遮掩斜阳的一抹娇羞

亦是，敛翅栖落花架的某个静夜

冬日降临，时光清寒

你细瘦的叶子需要等待

春的到来，自匀长的吐息声中

开出朵朵生姿与幽远

我应遵循你生长时的所有变幻

溪流裸露河床、狂风摇荡夏夜、空气

　　涌动骤雨

飘忽的旅程或颤抖的誓言

也许唯有参透无常和变幻

才能抵达生命的空谷

2017年8月5日

竹楼人家

2018年6月27日

时不时地想起

那个叫 " 竹楼 " 的地方

隐藏于翠旗脚下的小桥流水

那个连接着群山绵延的云雾之地

你可感受一根竹子的清凉欢畅

细听一只游鱼的呼吸自如之声

就连那一池见底的冰蓝色泉涌

也无法找到半粒杂质

嘿，竹楼

我把你记起

不仅仅是这些凉意

还有舌尖起舞的佳肴

和可爱的朋友

那些长不大的纯善

会跳舞的
鸢尾花

2018年5月31日

我该如何赞赏你

这半坡崖翩翩起舞的紫蝴蝶

在日光里，在风中，在我的眼底

你把美献给了这个夏天

叶脉连接着这寸土地

你的笑是山野的笑

你的舞姿是天鹅的魂魄

你的希望是世人的希望

尽管雷鸣电闪

你依然坚守本心

完成自己

完成一朵花的使命

待下一个季节

下一个晴空或雨里

我依然会记得

开在那坡崖上的起舞的鸢尾花

以及领我远行的人儿

一片叶子的
随想

当秋风拂过脸颊

我才记起那一地四处飘零的叶子

它们在风中舞动

最终与你的脚步合拍

所有的遇见都成了特别的礼物

彼此珍存

无论落叶还是新芽

那不过是季节的符号

它们始终坚信不离大地的永恒

我这样看
一片海

2017年8月15日

我喜欢站在这个角度看你：

辽远，空旷，蓝得不像话

云朵自带羽翼盘旋不止

不知去向的小白帆悠荡在水平线上

你听，礁石与浪在对谈

他们比一片霞、一束光甚至一掬笑

还要惊艳

他们比一缕风、一朵莲甚至一颗心

还要从容

那循环往复的澎湃与宁静

诉不尽的沧桑

直抵云、直抵帆的归处

唯有我，在这一片蔚蓝里流浪

说好的一起去
看雪

2018年1月29日

说好的一起去看雪

与你

在这个寒冬

我不再眷恋世间之浮华种种

当你为我拨开雪山外的那朵云

我便认得那隐在身后的双翅是你悄然

　　藏起的希冀

那路途洁白

那晴空辽阔

云水谣的夜

2017年8月11日

这个夜

只听得见水在歌唱

我打河畔的一串霓虹灯下走探

站在古旧廊桥上与高悬的月儿相对

许多要说的话瞬间凝成你的神情

此刻，我不忍移出你的视线

看着你时就像迁徙的候鸟不再远飞

多么幸福的夜晚

夜已深了

我渐渐跌入夜空下这掬古香

和水中的这片古香一致

虚的实的全然不管不顾

时间忽然就此止步

也许它在盼着未知的下一秒

想起白日在河里洗草药的阿婆

不禁想象 600 年前古镇的模样

自然、淳朴、勤劳、善良、宽厚……

一定是这样

甚至在这美幻的夜色阑珊的灯影下还有

　　浣纱红颜与临风玉树的俊郎相会

夜静得只剩下呼吸声

月儿愈是鲜亮，水中灯影愈加清晰

我依然没有倦意

闭上眼睛

告诉这个夜晚：你没有到来

我亦不想远走

渔家灯火

把记忆串成一颗颗色彩斑斓的贝壳

涛声在耳旁起舞

船只展开梦的翅膀

飞行速度快过群鸟

夜晚的渔灯

点亮了岛屿的诗眼

也点亮了妇人和孩子的企盼

他们悬挂已久的心跳谱成终于一曲妙音

大海进入沉寂的梦乡

2015年5月4日

西岸的家

2013年7月9日

我在流年间

从一水之隔的马祖岛

一路向西

越过山野川河

前往温暖如春的故土

疾风

是我坚韧的臂膀

浪涛

是我飞翔的体态

纵使海峡之水万丈深

也盛不住我高远的情思

天际遥遥

你若闻及一声沙哑的高叫

那定是我的梦

醒在此刻

抵达彼岸的故乡

心，瞬间惊绽

迫不及待地

谱写一曲神话

颂唱一段传奇

月光照进窗里

凌晨十二点半

一剪银光照进窗里

惊醒了一个熟睡的女人

一不小心睁开眼睛瞧见这缕银光

毫不困倦地起身，拉开帘子

哦！十五月儿十六圆

2017年9月7日

月光照着眼前的这一切

花儿睡了，虫儿睡了，星子渐渐褪去

黎明逼近

是谁在拖延时间的脚步

是这一个瞬息难懂的片刻

是这一袭忽然孤独的灵魂

只是月儿

你是否也有足够的勇气与力量

照见一个路人甲与我相望

在这扇窗的某个角落

倒叙欢歌与泪痕

雷雨天

2017年8月11日

雷鸣电闪时我总有一点儿不安

只管用最响的音乐将它压低

也点一盏灯让闪电之急光从屋内隐去

也时常捂着耳朵听

又爱又恨

我们的爱不过如此

喋喋不休也沉默无言

而我更爱雷雨过境后周遭呈现的明亮、

透彻、清凉

草儿都爬高了一大寸

我就漫不经心地跟着风去流浪

去烟火以外的那个地方

去你找不到我的心的归处

出离，再出离

如梦，又如梦

行走在五月

2015年4月16日

01

从眼眸间牵出一个五月天

展开任性的想象

你在艳阳里高歌

我在春光外独舞

02

再明媚的五月

被一场雨打湿过后，也会变得幽暗

山林寂静了

心事也轻盈了

你终将明白
离家一百五十
公里路

2015年11月28日

雨的韵律

连同小提琴《思乡曲》一起奏响

你天真的大眼睛一会儿看着我

一会儿转向发出声源的机器

时而轻锁眉头

时而坦露笑意

也许你不知道离家百里外的路

是一个母亲对故土的热恋

而你有天终将明白

地图上那方圆一百五十公里路

是植根于我心底的乡愁

冬日的风
悄悄地来

2015年11月28日

它是这样轻漫而来

悄悄地走进我的窗台

余下一纸未阅完的书

注意力被风牵引，放眼帘外一地的静谧

当枫叶飘零如昔时的和声，恰似眉间

　　划过的一片

当青葱的思绪因寒风的到来而隐忍于心

瞬间，我是如此不由地怀想，那

　　雨季花季的光阴

呵，那时光，斯人的离去就像冬日里的

　　一阵风拂过

水乡渔火

2015年12月27日

夜幕向晚

我的瞳孔是一底冰质的蓝色水域

倒挂的山林同深沉的湖心

默默守护如月的领地

呢喃的清风同梦幻的黄昏

挥手作别

在渔舟唱响的晚景中

那迟迟归来的船只的光芒

恰是所有水乡人企盼的归期

春雨纪

当雨落入春天的怀抱

思念是那一串一串不可断念的珠帘

从你的屋檐倾泻直下

晶莹，如我透明的情绪被你一眼望穿

你总是那样宽慰着我的小任性

而我，多想做这春雨

愈下愈柔软

去包容你的一整个春天

2018年4月18日

续曲

你说要让生活变得简单起来

在红尘边缘领略空寂

这是我崇尚的美学理念

于是

2017年7月31日

记忆开出了花

黑夜开出了花

雨滴开出了花

一双合十已久的手

在无数个薄凉日子里又有了温热

有个声音在耳畔细叙着故事情节

就像一朵花重回树里

一片云重现天际

而你是否和我一样

都还记得最初的心跳

追梦人

2017年2月18日

我们翻越一座又一座的山峰

跨过一条又一条的河流

穿行一遍又一遍的地平线

见证一季又一季的花开

当积雪在山峦融化

月光溢满河床

云朵飘过天际

大地如梦绚烂

我们朝着同一片天

抑或是寻找同一颗生命之树

画面

静湖边，靠背藤椅

长发，白裙子

手握着笔书写四季

风吹起，裙角飞扬

那爱做梦的年纪

始终跳不出时间的底线

2017年2月12日

置身在江南巷末

夜色阑珊，霓虹温柔

一袭旗袍千回百转

棉麻质地的本白与手绘墨韵将娇羞藏起

那一池春水

始终停留在梦里没有退路

有之意义

有一种际遇

在陌上浅秋相逢

在寒雪严冬升腾

在繁华阳春过渡

亦在清凉盛夏静守

多少个风起雪舞的日子

飞鸟腾空盘旋

蔷薇都爬满栅栏长出冬日的双手了

多想在心里种一片麦田

收取流年的身影

任一地金光奔向远方复返

我依然是恒守秋日午后那份际遇的人

66

十年

——给 L

2018年11月28日

盘点这个十年

朝朝暮暮、起起落落

你给过我的秋寒冬雪、翻云覆雨

几把泪、几多欢

我一一记得

那不是年少不知事，分明已近乎

　　　而立之年

生命之中，不是谁都能够背着绯语

　　　伴你虚度伴你伤悲伴你成长

只身离去，就可不去承受无谓的刺痛

一切生发难以预设

人生有几"十年间"？

愿你重生以后有岸可回

重点灯火，照亮自己照耀他人

不负人间不负你我

篇三

清 欢

漫溯时光

2018年9月6日

叫我如何舍得与你仅仅擦肩而过?

——洪流、山野、云雾、雨雪以及

　　千花万树……

时光辗转的每个踪迹

都是与你立下意外的盟约

时光在无崖长河里漫溯

所有的困境都不是困境

所有的期许都不言而喻

时光是一针一线,将每个有限的日子

　　缝合成记忆的裳

时光是一朵禅,让生命在复活时静寂观想

一切的开始

不就是为了重塑经年记忆

不就是为了追踪那个被时光遗忘了

　　所有的自己吗

就像冬日的泉水逆流直上

就像此时黎晓初寒,月光依然笼罩着

　　这座城

茉莉岛屿

2018年8月2日

以茉莉之名

登上这座岛屿

蔚蓝晴空为裳

江水是云霞的眼

送走一群蜻蜓和几只白鹭

此时，天光与你的目光交汇

交汇于这片灼热的茉莉蔓长的土地

在三伏天的黄昏，她交出了她旷世的

　　淡雅与芳香

天色渐深时工匠将采好的花儿送往茶厂

茉莉岛的主人为她的满园丰盛而喜悦

夜以继日地劳作

静守每一个深夜直至曙光初晓

复次地窨

只为层层叠叠的香气与叶密切相融

啜一口地道的茉莉茶

是多少爱茶人的梦

当你饮下这份清凉与芬芳

饮一方爽朗怡人之地

是否还会记起匠人制茶之本——

以时间以工序为代价在凡世间诚心修行

生命如花灿放

白色三章

（组诗）

2018年7月21日

1.白色衣裳

在 YY 家定了一件宽大的长袍子

苎麻的茶白

进山时穿她

独处时穿她

轻薄柔软，无拘无束

当我走过青绿的田间或绵延群山

人说她就是只涌动的精灵

风起时飞旋，风止时低语

这是我宠爱自己的方式之一

那些独自走过的路、越过的峰

在有她的日子显得微不足道

不用以任何形式去印证

生命究竟是喜还是忧

2. 白色情节

是初春时满树的梨花纷飞

还是秋夜澄亮的白月流影

是深冬里暮雪覆抱群山的苍茫

还是这盛夏昼风涌动的栀子香

视觉上见惯了琳琅满目的缤纷

自会在心中种下最本质的白色情结

她仿若无字的歌、无言的信

安静似夏荷初绽、沉香始燃

白色，本是空，也是满

3. 白色恋人

为了找寻你的踪迹

我开始云游他方

企盼与你走过一片复一片的纯白花季

在无人的山间聆听花落的瞬间

所幸，那曾跋涉过的地方

有你的偕行与笃定

在清浅的晨光或渐次深邃的暮霭

在每一个皎白的丽日或静夜

通通随流深的岁月

过滤成一部白色的剧本

主角是你也是我

剧情丰满且留白

且言茶

2018年6月27日

一叶叠一叶

99度泉水渗透你的心

我开始默默读你

读你的甘醇

谁说你不识烟火世间

事实上你比世人更懂世间

比如你丰盈的香氩在空气里飘移

比如你多情的韵在我的舌尖切换

这个世间，令我沉醉的是你

令我清醒的也是你

时而滚烫时而清凉

就算沸水可以渗透你

我也尚未读懂你暗涌的偈语

77

写给父亲的歌

你消失的音容与伟岸

是风雨后的云朵将我的记忆剪成些许个影

你最后一次的落笔

是那羽毛轻落在我的心里颤动不息

2018年6月18日

父亲，我知道再不会有人将我托举在双肩

再不会有人为我捂上耳朵在每一个

  雷鸣电闪的日子

父亲呵，我的思念

已不再是浪涛不再是激流

是一个人静静翻阅旧照复次地看

是暗夜里辗转反侧忽然涌出的两行泪

是走在无人熟识的山间小径独自徜徉

当昔时的告别等不到你的重逢

当茫海的桨橹划不及你的彼岸

当思念的曲调唱不出你的铿锵

我是否可以像沉默或自由行走的风

将你留白或无休止地吟诵

78

青梅煮酒

2018年6月8日

不曾想过在初夏的某日

绕过许多陡坡和弯路

这片云雾缭绕的地带

我还能偶遇了你——林里最青涩的梅子

大婶大叔一担两担地从山顶挑到山脚下

亲尝一口，酸中带涩

今日，我以大曲酒、老冰糖混合

褪去你所有的苦涩

你看，芒种已过

果然，在风吹麦成浪的日子

我把青梅煮成了酒

方广奇岩

绕过了半座山城

我更坚信最隐的风景就是你

青苔猛长的日子

虫声新透，鸟儿也哼着个清脆

2018年5月3日

凭栏，拾阶而上

一步一莲朵

歇脚仰望的片刻

忽闻一滴泉落入山谷的空灵

那远意，扣人心弦

今日，或许永生难忘——

斑驳的奇岩可见天日可遮风雨

自北宋兴起的院落在巨岩下显得深隐

观世音手中的甘露滴滴答答

足以抵我半世尘梦

一盏金花茶

一朵禅意的黄

在午后的静谧中流香

将天地延展

啜一口入舌尖，清润醇厚

低着头与茶多酚一起发酵

如进入金色麦浪满地飘移的柔软

此刻，你就是我的乌托邦

谁能料及，在叶红露白的日子里

一盏金花，可以免你四处流离

免受世间幻相的蛊惑

她飞起的羽翼涉及你的嗅觉你的心跳

所有的空旷与圆满

都可以在你的清朗中自圆其说

2018年3月12日

春日记忆

2018年4月13日

又是个色彩斑斓的四月天

那些来不及看的梨花几簇

已白了裙角

来不及告别的桃红

竟也晕染了思念无数

你说风会记得花儿的香气

你会记得那些缤纷

我当然也记得

与你同行的每一段旅程

跨一方水或翻一座山

甚至在寂静寺院里转过的经筒合过的掌

一时之间，天高地远

你那么近

呼与吸

呼的时候腹部内收胸腔下沉

呼的时候双肩放松下颚外延

呼的是，昨日忘记带走的疲倦

呼的是，生活节拍的匀长缓慢

2018年4月12日

吸的时候腹腔鼓起胸骨外阔

吸的时候肩颈挺立嘴角上扬

吸的是，每一缕春风吹过的清新空气

吸的是，生命的多彩或空无的深刻

呼与吸，谁也离不开谁

呼比吸长一倍却相辅相成

呼出是为成全吸的更迭

一呼一吸，是人间最美的协奏曲

梅

2017年12月5日

当百草千花没过季节的长影

便是你到来的时候

一定是前世来不及赴约

今生才有不期而遇的缘分

那每一段华彩的背后

注定有一钵白露，和一脉魂香

伴随着你

多少黑夜又白

多少孤独的洗练

只要遇见你

我的心便温柔如水

又无题

2018年6月13日

午后的雨滴滴答

几乎超越我课堂上的钵音

然而我并不走神

只是在两种节拍间权衡

眼前的伽人已松开眉间进入自己的状态

让我就此退隐吧

什么也不做什么也不说

退回这个下午的原声

退到自己的低处

在雨停下之前

试图轻轻唤醒我的伽人或者同她一样

一声下令放松一整个午后

打坐的时刻

2015年12月27日

在清寂的旧院

你邀我共坐化

我的手里拨弄着你送的 108 颗菩提子

一边诚恳地忏悔过错

一边默默祈愿未知的日子

你说那是千年菩提树的造化换来的心骨

哦，是时间串起的今世缘

还是痴心男女的两相欢

——是这佛外的百年孤独

在雪峰寺

2018年12月31日

腾云，骤雨

绕弯的路口重遇泥泞

一大簇淡紫色绣球

将那变幻的六月天烘托成带笑的姑娘

走近翘首以盼的宋时古寺

所有殷切炽热的梦在体内渐次延展

知否，知否

一座千年寺院之静气

足以平复你翻涌不息的预言

如是

2016年10月17日

如是寻常

在陋室里插一枝花

来想象整个春天

如是素简

在一滴露珠的清澈中

感受时光变换不息

如是欢喜

你乘兴而来

我尽兴而归

那些年

2017年7月13日

那些年

清晨在虫声新透中醒来

阳光一缕一缕地拨开纱缦

伙伴们一同去清绿的池塘里看夕阳

在不远处，有大片大片的斑驳的树林

我们摘杨梅，摘桂圆

随手剥开果皮，有酸也有甜

然而我们很快乐

那些年

我们走在路上

随处可见或紫或白的小野花

每当春天

热情的蝴蝶总是将一支舞跳到底

我们在坡崖间看蚂蚁忙碌地工作

却无忧无虑

每个仲夏白昼

知了唱响一整片森林

热闹亦静谧

如今
如今我们难望那些年最初的模样
但我们依然告知自己有梦想
并且慢慢接近那些年

故乡，故乡

2018年12月22日

仿佛已经走了很远

仿佛又重回到最初的方向

故乡，装载着我无限回忆的大摇篮

我的细胞属于你

我的血液属于你

我的快乐属于你

我的悲伤也属于你

我的整个生命都属于你

故乡，一个赋予漂泊赤子心安的名字

一片赋我语言赋我智慧赋我力量的热土

如沉默稳重的父亲给我浩瀚的梦

又如贤惠善良的母亲给我炽热的心

今夕，书几行简单又丰盛的诗

在方圆一百五十公里外的月光中仰望你

无用之美

2016年8月7日

写一首诗

以珍惜人迹未至的格桑花田的谨慎

或以双手拥捧阳光的虔诚

写一首无人阅读的诗

无用如空谷间的幽兰，自开自落

如雷雨倾城

莲朵舞动

星河涌入大海

无用之诗

如走在江南巷陌的路人

擦肩而过又阴差阳错的相遇

街头人潮拥挤

依稀听见流浪艺人唱出熟悉的歌曲

一首诗

无用如我独自越过的山峰

一棵千年的大树

一片虫子咬过的树叶

蝉鸟共鸣

是一场微醺的心事

还是毫无念想的日常

这世间一切无用的美好

却是存在的意义

一杯红酒

每一次入梦以前

我习惯轻轻将你安放在透亮的高脚杯中

视线，停留在你艳灿若霞的体态

凝神

安静地化作，一枚纯净的红水晶

轻轻一嗅

香醇若空谷之兰

微扬轻啜

扩散舌尖，细腻尔雅

气往喉纵，溶入心腑

与酒话诗

余味绵长

意专而岁久常鲜

情真亦深厚不息

诗酒即人生

磨砺过后，积淀成蕴

甘寂寞以修涵养

红酒之品，沁润心菲

艳灿之色，书写生命

2013年5月15日

更迭

已是初秋落雨时

裙摆依然随风而起

用一个故事的情节

将所有的雨滴串成 108 颗手珠

在一杯水的清澈中

解读流年

2015年8月30日

接纳

在变幻无常的世事间

不断地接纳本以为不可能的可能

柔软的心日渐勇敢

闭上眼睛深吸一口气

即见菩提

2016年5月7日

他们都说

一个人要仰望许多次

才可以看到灿烂的天空

关于猫

孩童时，家里养有一只猫

她轻柔的声音会把我从梦里拉醒

她常用嘴巴舔羽毛，清洁自己

她常坐在窗台若有所思，凝望外头

　　　　似凝望自己的幸福

2017年1月23日

她敏感、温驯、安静而灵动

后来她被家人送走了

春夏秋冬十几载

我对她仍保持着最初的记忆

世界千般风景千般醉

我以一只猫的姿态

在熙攘人群亦在字里行间

素写流年

掠过春天

探春路上
一群鸥鹭飞过湖面
溅起点点涟漪
荡漾开来
湖水笑了

2013年4月29日

沿途，一地姹紫嫣红
花的姿态
争奇斗艳
浓淡相间
你醉了，无意归去

轮回，是时光转换的全过程
春，不过是一场光华的选秀赛
始终逃不过大地的指令
从破茧初芽到美丽绽放
你只是，掠过春天
毕竟
鸥鹭总要离去
昙花仅一现

站在黄昏下

2013年7月5日

黄昏下

我用一剪菩提的光阴

与你对望

橙红的亮光直向我的双眸

在水岸之间

穿透我沉睡的心魂

折往云的那边

于是

原本织在锦缎上的怀思

逐步错开，渐行渐远

倘若

你觉知空气的纯度

奈何又捎来天边那一抹红艳

山外连山，醉在夕阳

让这青翠的时节啊

平静吧，生动吧

微热的流光

足以炼锤一段明净的欢喜

然后

奔向迢遥旷达的国度

林阳晨雾

2014年2月6日

雾起

润万物

山空

云仙至

半帘

渐禅境

捻尘

结善缘

江南雨

街坊，小巷，青石，连同新（心）路

通通在雨里相见

有多少个转角

就有多少次擦肩而过

2015年8月30日

抵达

2017年6月28日

是谁在盛夏来临前抚一段悠扬长曲

是谁在暮雨初晴时驻足青瓦小院

你说远处有一城山色

我说银茉莉正攀爬猛长

还有那片期待已久的盛放的清莲

是这一花一物在告诉你

踱步再远的远方

你终将抵达那灵动气息与无尽芳菲

月满祭

十五的月光

流经我的体内

在我隐隐的思念上

有无尽回响的笑貌音容

2015年12月27日

我要在每个十一月的满月

住进那满天星辰里

美心之物

2017年9月7日

对我来说

但凡与自然相关的物，皆有其美

比如这朵风干的粉色小花

她的美令人惊叹

她不鲜活却以另一种姿态存在

安静却凛然

一如我们相恋的样子

一个被弧形玻璃保护在里边，一个

　　在外面静静守候

我们隔着这层玻璃

有时相视而笑，有时默然无语

你说再卑微的草木亦有情

我说我们需要一个畜养情怀的归所

你说我们的爱如此永不过时

我说只要她有永不凋零的信念

远，近

离你近时，我的心很远

离你远时，我的心很近

这距离，像一道浅浅的港湾

赋予我无限美感

2015年10月28日

而谁能够遥看一泓清水？

谁又能够在靠岸的地方辨认最初的模样？

诗　评

　　小梵，观其名，她应该是属于有着维护内心安定与持守坐禅之修的人。她的世界很简单，诗歌是一部分，瑜伽是一部分。在《草木天堂》和《九曲泛舟》这两首诗里委婉地诉说自己与茶以及与茶有关的武夷一段山水的交流，呈现出了涤去一切杂念欲求，充盈着"放下""安定"后的超然明亮。她一直追随着一尘不染的诗意，喝茶和乘竹排等这些日常生活的渺小、琐屑都可以被她清心羽化。诗和瑜伽能让人卸去沉重的肉身和欲望后的平衡和美、轻松和宁静。像小梵这样的诗人，文本和行为是统一的，诗意与诗人心灵的谱系是相通的，生活的样子就是诗歌的样子，在一个精神涣散的时代，我们更需要这样的简单。

——著名诗人哈雷

小梵是惠安县人，那是一个出诗人的地方。我以为，小梵善于把自己生活中的独特感受同固有意象巧妙揉和，提升出一种全新的意象，使感情更为纯真。她的诗想象丰富、情感充沛、清新流丽，富于自己的风格。以情感表达而言，小梵的诗带着温度和热力，因为她的诗取自于她亲身的经历。

——泉州市作家协会主席蔡飞跃

　　在我看来，好诗的标准就是能在有限的文字里传达更多的情感，不论是用比喻、通感、象征，还是虚实结合等表现手法，都要考虑到读者的感受。小梵做到了，她的诗大多意象清晰、纯净，蕴藏禅意更充满积极向上的人生观，语言明快且含蓄，不需过多解读，她是在通透中唤起读者无限共鸣的。

——诗人寒石

　　小梵的诗，是清澈的，又是婉约动人的。她是集美丽、智慧和诗意于一身的诗人。她以女性独特的灵性笔触同诗歌恋爱，将现实生活的五味清晰且有质感地记录在诗里，人读后有种身临其境的共鸣。无论从意象的选取还是意境的营造，或者修辞的运用，都能体现出她对诗歌的驾驭能力。

——诗人玲子

见小梵其人，就会浮想起诗经中的一个画面：水之中央，草木清新，有蝶飞舞，有美一人，青春，静谧，如夏日清晨一朵初绽的莲花，宛如清扬。

观小梵其诗，不期然会走进她的世界，文字扣人心弦。纯净的语言，来自于她的朴素、真挚。草木、青春、岁月、遇见……是心灵的邂逅，还是梦境的交融？诗为心声，与相遇者交流、意会。每个人都自己的心灵天堂，创作者正如一个春光的沐浴者，自足无碍，内心温暖而充实。小梵亦如此。

——画家邓春晖

后　记

　　走过三十载光阴，庆幸生命里有诗，给每个平凡的日子带来欢喜。

　　《漫溯时光》的文字，多数来自某些独处的宁静时刻，更多的是瞬间的、即兴的、幽微的，这一秒记得要说什么，下一秒忽然飘逝无踪，这种无从挽留常令自己困惑。就好比：某件心爱的旧物在自己手上弄丢或者碰伤，从此在记忆里拾寻它的面目与点滴。

　　中学时期，沉迷散文，偶尔翻阅日记本，还留存彼时的手稿。后来得知有杂志《散文诗》，每一期都不肯错过，纯粹是喜欢阅读带来的愉悦感，也在那个时期，萌生写诗的念头……从此，诗歌也进入自己的生活，成为所好，断断续续，既是入口也是出口。

　　2018 年 12 月末，《漫溯时光》止稿，主要收录近两三年的拙稿及少数早期的文字，内容涉及生活、旅行、瑜伽以及其他琐碎，有部分发表于各类刊物。在时间的回旋流转中仍与自己的本性相遇，这应该就是水到渠成。

《漫溯时光》的形式相对随性，这些思想、体验及知见，进入被阅读的世界，在不同人群中会有不同的理解与感受，这是很正常的。生命是多维度的，就像同样的花开在山谷，或温房，或海边，她们在各自的环境里绽放自己的本真，这是生命之间的一体性，是平等的、开放的。在书写与阅读中连接与印证，诗人与读者的连接是不可能在旁观下完成的，真正的"萍水相逢"，只有在独自面对书里的某首诗时才可能发生，在文字里彼此交互、借鉴、照见，甚至于在有感应的生命中美好相遇。

一本诗集的诞生，其实是承蒙许多朋友的关照，感谢大家对此书的支持，感谢朋友们的厚爱，感谢海峡文艺出版社的鼎力，感谢原中国作协书记处书记张胜友老师在孟春之时养病期间为我作序，感谢我的至亲至爱、家人对我的帮助。

叶嘉莹先生曾说:"读诗和写诗是生命的本能。"拥有这么美好的本能,我们是何其幸运。愿你在此书中有所收获,愿与每一位读者共勉。感恩所有。

小 梵

2018 年 12 月末于福州

图书在版编目(CIP)数据

漫溯时光/小梵著. － 福州:海峡文艺出版社,
2019.1(2024.3 重印)
ISBN 978-7-5550-1380-8

Ⅰ.①漫… Ⅱ.①小… Ⅲ①诗集－中国－当代 Ⅳ.①I227

中国版本图书馆 CIP 数据核字(2018)第 293954 号

漫溯时光

	小 梵 著	
出 版 人	林 滨	
责任编辑	林 颖	
出版发行	海峡文艺出版社	
经 销	福建新华发行(集团)有限责任公司	
社 址	福州市东水路 76 号 14 层	
发 行 部	0591－87536797	
印 刷	三河市兴博印务有限公司	
厂 址	河北省廊坊市三河市杨庄镇大窝头村西	
开 本	889 毫米×1194 毫米 1/32	
字 数	75 千字	
印 张	4	
版 次	2019 年 1 月第 1 版	
印 次	2024 年 3 月第 2 次印刷	
书 号	ISBN 978-7-5550-1380-8	
定 价	28.00 元	

如发现印装质量问题,请寄承印厂调换